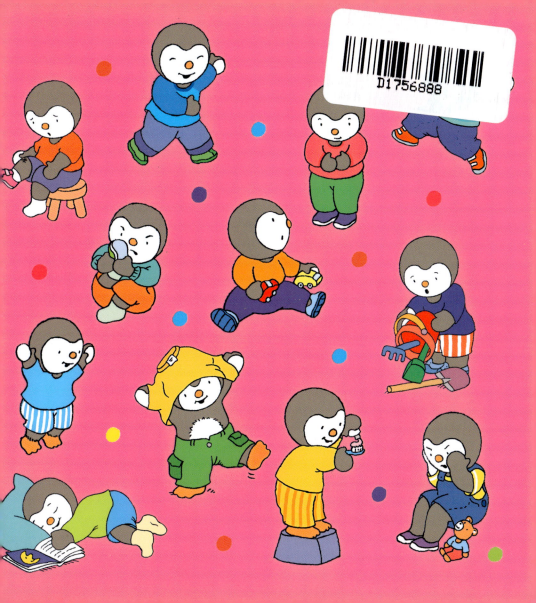

Un personnage de Thierry Courtin

© 1999 pour la première édition.
© 2017 Éditions Nathan, Sejer, pour la présente édition,
25, avenue Pierre-de-Coubertin, 75013 Paris.
ISBN : 978-2-09-257076-0
Loi n°49-956 du 16 juillet 1949
sur les publications destinées à la jeunesse,
modifiée par la loi n°2011-525 du 17 mai 2011.

Achevé d'imprimer en novembre 2016 par Lego, Vincence, Italie.
N° d'éditeur : 10225810 - Dépôt légal : janvier 2017.

T'choupi
est malade

Illustrations de Thierry Courtin

– Debout T'choupi !
Il est l'heure de se lever !
– Maman, gémit T'choupi,
je ne me sens pas bien.

Maman pose sa main
sur le front de T'choupi.
– Oh oui, tu es chaud
mon T'choupi. Il faut appeler
le médecin.

Mais T'choupi n'a pas très
envie de le voir.
– Il va me faire une piqûre?
demande T'choupi.

— Non, explique maman.
Il va seulement t'examiner.
Il est très gentil,
tu le connais !

Un peu plus tard,
le médecin arrive.
– Bonjour T'choupi,
comment te sens-tu ?

– Ouvre grand la bouche,
T'choupi, et dit AAAA.
– AAAAAAAA.
– Ta gorge est rouge,
dit le médecin.

– Maintenant, tu prends
une grande respiration
et puis tu tousses, d'accord?
– Oh c'est froid! dit T'choupi.

– Tu dois bien te reposer
T'choupi, explique le médecin,
et prendre ce sirop.
– Mmm il est bon,
dit T'choupi. Il est à la fraise.

– Viens dans mes bras,
mon T'choupi, dit maman.
Est-ce que tu as envie
d'un chocolat chaud?

– Maman, dit T'choupi,
Doudou aussi est malade.
– Eh bien, quand tu seras
guéri, tu pourras t'occuper
de lui !

Découvre d'autres aventures de
T'choupi